很久很久以前
有十二匹野獸
獲選成爲神的使者
這些野獸被稱爲十二生肖
他們仗著自己是神的使者
就擺出一副高高在上的樣子
現在　打算懲罰十二生肖的傢伙們
都站出來了

狸貓哥與動物們

石黑亞矢子—著
盧慧心—譯

狸貓
很討厭十二生肖。
那些傢伙
自大得要命！

那隻蠢狗
每次都說我
屁股臭、屁股臭，
有夠討厭！

啊呀啊呀
久等了！
啊
大家已經喝開了。
狸貓哥
你來晚了，
好慢噢。

口水就流不停啊
嚼著烤魷魚
多謝多謝
來，滿上！
吞！
蒼蠅好吃嗎？
しかのフンチョコレート
蜂蜜真香甜
呆～
還有人要吃飯糰嗎？

咩～三兩下
就能全部收拾掉了吧
吼嗚嗚嗚
噗呼～
戰力全開的啦
嘶～
看來都是些
沒用的傢伙們
咻嚕嚕嚕嚕
把他們全吞了吧
咕嘎～
有種贏定了
的感覺呢

汪、汪！屁股臭的狸貓
把我們
叫到這裡，
還開什麼酒會啊？
哎呀 十二生肖們
終於來了。
遲到這麼久，
是把我們當傻瓜嗎？
話說今天，
這次你們
別想全身而退。

呦呦
你們這些傢伙
是山裡的動物
普通的動物
我們是
神的使者
十二生肖
想想清楚！
你們違背天意
亂逞威風
一不小心
就會掉進地獄
呦呦呦

嘿咿嘿咿
到底是神的使者
還是屁股屎者
誰知道啦
你們這些傢伙
夢話說完了
別再作夢
山裡的動物
普通的動物
所有的動物
全部都平等
嘿咿嘿咿

蠢蛋們，
想逃的話
就趁現在。

大、大家，
不要怕。
現在正是
我們山裡的動物，
展現實力的時候！

哼哼
眞不知天高地厚哪
還不痛毆牠們一頓
我飛！

衝啊大家！
喔喔！
喔！

ㄐㄧㄡˋ～命啊
我戳
啊！
我拔
呀～
痛痛痛痛痛

好痛！
你這個愛放屁的臭狸貓！
怎樣、你這隻敗犬！
嗚！
呀！
可惡！

睡吧~睡吧~
螃蟹大螯夾
黑熊抓舉
刺刺攻擊！
狸貓壓頂
蝙蝠偷桃
貓拳！
鹿角鑽！
羊男的必殺技下腰
豬屁火箭炮

哎！太丟臉了
將軍大人～這些傢伙還滿能打的啊
蛙式固定

全部都給我
滾到天邊去吧

啊啊啊啊啊

嗚嗚嗚
事到如今，
只能拿出狸貓一族的
傳家寶
金葉變身術！

不過，
使用這個的話，
首先需要
超強的妖力。

大家！
把你們的身體
跟力量，
都借給我吧！

既然有
那麼厲害的絕招，
就早點拿出來啦！

瞭解了、快把我們的身體拿去用吧！
拿我的眼睛
拿我的牙齒
拿我左邊的鹿角
拿我的蛙腿
拿我的蹄子
拿我右邊的羊角
拿我的尾巴
拿我身上的刺
拿我的大螯
拿我的翅膀
拿我的鼻子

嗚噢噢噢噢

咚隆

來吧
一決勝負
咚隆隆隆

嘎噢噢

狸貓哥
加油！
加油！
衝啊～
咕噢噢

給你一個
狸貓壓頂
壓得你
沒話說了吧！

可惡
我認輸了
都變身了
怎麼還是用那招
狸貓壓頂啊
跌——

我們認輸了。從今天起，換你們來當十二生肖。
不！我們根本不想變成十二生肖，也不想取代你們，更不要接收你們的稱號。
誒？
是這樣嗎？
既然如此幹嘛找他們決鬥？
現在才說

我想到一個好點子
跟十二生肖無關
我們來創立一個全新的團體
團名就叫「狸貓哥與動物們」！
好點子！果然是狸貓哥
這傢伙是天才呀、太棒了！
只把狸貓哥三個字放在團名上太狡猾啦！

Witty Cats 9

狸貓哥與動物們

●作者—石黑亞矢子 ●譯者—盧慧心
●副主編—黃筱涵 ●美術設計—張閔涵 ●企劃經理—何靜婷
●編輯總監—蘇清霖 ●董事長—趙政岷 ●出版者—時報文化出版企業股份有限公司 108019台北市和平西路三段240號4樓 ●發行專線—02-2306 6842
●讀者服務專線—0800-231 705／02-2304 7103 ●讀者服務傳眞—02-2304 6858 ●郵撥—1934 4724 時報文化出版公司 信箱—10899臺北華江橋郵局第99信箱 ●時報悅讀網—http://www.readingtimes.com.tw
法律顧問—理律法律事務所 陳長文律師、李念祖律師 ●印刷—和楹印刷有限公司
●初版一刷—二〇二〇年十一月六日 ●定價—新台幣三八〇元

時報文化出版公司成立於1975年，並於1999年股票上櫃公開發行，於2008年脫離中時集團非屬旺中，以「尊重智慧與創意的文化事業」爲信念。

石黑亞矢子

1973年生於千葉縣。活躍於繪圖、書籍裝禎、插畫等領域。出版作品有畫集《平成版怪物圖錄》（暫譯，マガジンハウス）、描繪家貓與家族的《十丸與家族繪圖日記》系列（MANGASICK），插畫作品有《豆腐小僧雙六道中》（暫譯，京極夏彥著、東雅夫編，岩崎書店）、《豆腐小僧雙六道中晚安本朝妖怪盛衰錄》（暫譯，京極夏彥著，講談社）等等。繪本作品有《豆腐小僧》（京極夏彥著，講談社）、《妖貓亂紛紛》（暫譯，あかね書房）、《妹妹會議》（暫譯，ビリケン出版）、《大大貓與小小貓》（時報出版）、《現代版繪本御伽草子：付喪神》（暫譯，町田康著，講談社）。

註：本書是以室町時代前期的圖卷「十二類繪卷」爲本，大幅改編而成。

Original Japanese edition published by
WAVE Publishers Co., Ltd.

This Complex Chinese edition is
published by arrangement with
WAVE Publishers Co., Ltd., Tokyo in
care of Tuttle-Mori Agency, Inc., Tokyo
through AMANN CO., LTD., Taipei.

ISBN 978-957-13-8283-8
Printed in Taiwan.